KB162185

민서민철민서민철민서민철민서민철

세상의 인연으로

시인 최윤 시집

민서민철민서민철민서민철민서민철

세상의 인연으로

세인 최윤 시집

예술의숲

장을 열며

매듭. 묶어 고정하거나 두 줄을 연결하거나
한 번 연결한 매듭은 분리가 어려워도
단단히 잡아매면 한 마디는 이룹니다

어머니의 탯줄에서 한번
마흔아홉 <세상의 인연으로>
두 번째 매듭을 짓습니다

세인이 사랑한 사람들에게
따뜻한 한마디를 선물합니다

2023년 봄날
세인

◈ 차 례 ◈

1. 세인
머무는 것보다 힘든 건

2. 세인
생명이 뚫고 나오는 진실

3. 세인

만두는 김으로도 익는다

4. 세인

고요한 것은 잔잔한 것은

5. 세인

이제 안녕

1.

세인

머무는 것보다 힘든 건

조금 이른 봄날이었다

허리를 굽혀 꽃을 꺾자
꽃자리 단단하게
진한 흙냄새가 올라온다

아픈 줄기 타고 섬섬한 손끝을 놓으니
금세 하얗게 질려
빈 허공 찾아 멀리 가는 씨앗들

놓아준 홀씨를 아프게 바라보지만
꺾이고 움푹 파인 꽃자리마다
겨울의 진동을 깨우고

비로소 봄의 언약식이
시작 되었다
이른 봄이 겨울을 이기고서야

상실의 연속

머무는 것보다 힘든 건
떠나는 것
지금 이 시간
상실의 연속

사라지고
없어지다
보이지 않기

보이지 않는다고
사라진 게 아니라고
낮달이 속삭인다

달이 저문다고
누가 울까
오래도록 보아온
너만 울겠지

나아라

보름째 아궁이 불 땐 아랫목 자리
타닥거리는 나무 타는 곡소리에
펄펄 끓는 솥뚜껑 열리고

할머니 두꺼운 은가락지가
물젖은 수건 사이로 하얀 연기 달래며
낡은 손가락 화를 가라앉히니
그저 속살처럼 따뜻하다

온몸 열꽃으로 성난 붉은 어린 살을
도라지꽃 달빛에 비춰
꽃이 지기를 식혀 주시던

오늘 밤 내 방에
도라지꽃이 폈다
열꽃 핀 내 속에 낡은
손가락이
나아라
나아라

제비꽃향기가 나를 부르면
- 앉은뱅이 바다

모퉁이를 돌면 등대 없는 바다가 일렁인다
싫은 내색으로 고개를 돌려보지만
흩어진 바람에 향기 밀려와 잠시 숨을 멈추고

퍼내어도 삭지 않는 그리움뿐인
오뉴월 햇살처럼 느릿하고 질기게도
그 바다 속에서 산다

잎자루에 날개 돋는 그 날이 오면
날개에 실어 떠나보려 다짐해도
어느새 난 슬픈 앉은뱅이 바다 곁에
등대 되어 서 있다

가라고 떠나도 된다고
밀려드는 밀물이 내 발을 간지르면
떠나는 썰물에 눈물지어 놓고도
차마 그 바다를 놓지 못한다

해마다 앉은뱅이 제비꽃 향기가
찾아오는 날이면
그가 놓고 간 것이 너무 많다며 모퉁이를 돈다

귀걸이 꽃

꽃술이 꽃받침에 걸려
늘어지게 떼쓰는 해를 배웅하면
작디 작은 귓구멍에 여름을 걸고
아쉬운 마음을 달랜다

여름을 걸었던 자리에 가을을 걸고
수줍은 속 애기 털어놓지 못해
하얀 분가루 겨울 눈이 되었다

분꽃이 피면 해가 지고
여기 저기 밥 짓는 소리에
온 동네가 술렁인다

산

가진 것 하나 없이
내 것이 아니라 해도

바람이 씨앗 물어와
비가 와서 틔우고 간 자리에
마른 발자국

한 자루 시름은 쌓여
다시 흙을 모은다

시름이 머무는 따뜻한 온기 마다
묽어진 흙 속에선
씨앗이 터지는
첫 울음소리 요란하다

되돌려 보낸 메아리
발자국 찾아 잘도 따라간다

빈산으로 나를 데려가

- 샤브향

색색이 화려한 야채 쌈을
돌돌 만다
꾹꾹 눌러 싼다

아프게 삐져나온 새싹 한 송이를
따스한 손으로 밀어 넣고는
빈 젓가락 허공에 둔다

그대를
빈산에 두고 온 날

샤브향 색색이 펼쳐진 야채 꽃만 보면
진달래꽃 꺾어온다던

야채꽃 향기 섞으니 엄마 얼굴
빈산으로 홀로 보낸
봄이 온다

가을

지나고 나면
아무 일도 아닌 것들
벚꽃 지기
낙엽 지기
노을 지기

그날엔 꽃바람
눈물 바람
아름답기도

발길 세운 가을앓이
겨울을 부르는
가슴앓이

사는 게 꽃 같네

들꽃처럼 예쁘지도 않으면서
볕에 놓은 원형의 화분을
이리저리 돌려 빛을 받는다

날짜를 셈하고 물을 주기도
때론 노란 주사기를 꽂는다

그 정성에 꽃 안 피면
안 피는 네가 아니라
못 피운 나를 더듬고는
물이 더 갔을까
빛이 없었나
흙을 만지작만지작

사는 게 꽃 같네
들꽃처럼 예쁘지도 않으면서
좁은 화분 굳은 흙더미를 파내
현관을 나섰다

사과꽃이 핀 이유

고르고 골라
눈에 넣어도 안 아플
꽃봉오리를 꺾는다

꽃은 일찍 딸 수 없고
제일 먼저 핀 곳만 남는다
서두르지 않기를

서릿발에 꽃잎 지고 나면
빈손으로 나무 곁에 남을 테니
부디 사과꽃이 질 때까지

유혹에 넘어간 손이 다가온다
붉은 비명이
과수원 밖을 넘는다

간절기가 그렇다

거짓 따사로움처럼
해 지면 다시 본색이 드러나는
짧은 얼굴에 속아

아픈 건 나,
너 역시도

이 계절에 맞설 용기
너를 보내고 뜨거워질 대가는
짧은 만큼 차갑다

오래 묵은 감기처럼
머물러야
지날 것을 알면서도

환절기는 애매하다

뛰는 발바닥에 김이 나자
후끈한 열이 식지 않는다
등줄기 펄럭 찬바람이 스미면
그제야 해가 진 걸 눈치 채고

한낮 뛰놀던 땀 대충 소매로 닦고
휙 돌아 집을 보니
저만치 밥 짓는 굴뚝 연기가
나를 찾는다

해가 저만치일 때
돌아갈 것을
저녁 내 덮어도 덮어도 맨몸인 듯
더 웅크릴 틈이 없다

봄을 넘어서기가 만만치 않다고
겨울을 벗어놓기 미련이 남는다고
여든의 나무를 붙든다
나무에 가지들을 엮는다

엄마가 기다리는 봄으로 가라고
밥 짓는 연기 따라 앞만 보라고
어제도 오늘도 겨울을 밀어
엄마에게 보낸다

목련방

이 세상 눈빛이 아닌 듯
차가운 병실 침대
마지막 동아줄에 손을 매고
손가락 다섯 고비 움켜쥔
시간만 남았다

애쓰고 있다

길은 가운데로 흘러가는데
목련방
꽃 눈송이는
길이 없어 운다

애쓰고 있다

삶을 뚫고
봄으로 가는 길을
흘깃 스쳐 가는 오늘이
하얗게 덮었다

나 여기 있어

한 뿌리에서 나온 꽃도
제가 필 시간은 따로

진즉 꽃이 피고 지거나
남들이 지고 난 뒤
꽃망울 터질 준비를 하거나

흙은
뿌리를 아프게 붙잡지 않고
꽃잎은
온 자리에서 비를 맞아 주기만

흔들리지 않고
붙잡지 않아도
가만히 미소 지으면
꽃 피는 너에게

나 여기 있어

썩 괜찮다

밥 뜨던 수저에 광기가 돌자
전복 껍데기 빈틈에 깊숙이 넣어
바다를 뜬다

하얀 모래주머니 이빨을 찾고
살포시 살을 잡아
내장을 살린다
이내 내버려 두니 더는
실망도 없다

버릴 것 쓸 것이
하나의 것이었는데
뜯기고 잘려도 쓸 만한 쪽이 크단다
이내 내버려 두니
나쁘진 않다

등에 매고 있던
바다 떨어진 자리에
진주 가루는 눈부시고

부드러운 것을 먹은 덕분에
내 안에 쓴 것도 대접을 받는다
둘러보니
나만한 바다가 없다

초승달 훌쭉한 배는 서글프다

가득 차서 부르던 노래가 멈추자
기울어 이내 사라지고

가득 찼던 달빛은 변함없대도
보이지 않는다며 소란이다

달빛은 어둠 뚫고 길을 만들고
그 길 삼키지 못하게 잠들지 않는다

차디찬 달빛에 손대지 말라며
희미하게 눈 뜨고

뒤돌아 떠나는 발자국 그리워
그 길을 나란히 밟는다

훌쭉한 배를 가린다
구름 뒤로 숨는다

2.

세인

생명이 뚫고 나오는 진실

용기

가시덩굴 복잡한
겨울 속
새들이 즐겁다

너의 이름 불러
그리 반가울까
문턱이 닳도록 바쁘다

날개 접을 용기는
이미 봄이라고
가시들이 무른 입김을 불면

그 옆을 지나는 겨울마다
멈추어 서서
아픈 날개 접는 법을 배운다

겨울 강

힘들이지 않고 시름이 밀렸다
소리 지르지 않고 이긴 기분
어깨를 들썩이며 울지 않고도
명치끝 멍울이 녹아내려
꼬리뼈 끝을 간질인다

발을 강 끝으로 옮기니
시름은 물 냄새를 쫓아
나를 떠나고
낮달을 토하고 해를 삼킨 강은
가벼워진 등을 토닥인다

으스대는 파도 한 점 없이도
물빛에 그린 봄을 보라며
반짝이는 언어로
나를 세우고는
해 그림자를 지운다

11시 11분

진실 게임이 시작됐다
손가락 울퉁불퉁한 주름 펴
인연 태우고 손끝에 닻을 달자
세상이 멈췄다

가늘게 외쳐보지만
네가 믿고 내가 믿으면
생명이 뚫고 나오는 진실
세상에 없는 진심

붙잡을 수 없기에
다시 소리친다
시간의 착각에 잠들지 말고
세상 안으로 들어가

후회로 써버린 조각들을
이어 붙이라며
끊어진 나를 길게 잇는다

세
인

협곡을 감싸는 물살의
아름다운 재주는
서로 붙잡지 않을 용기

두꺼운 겨울의 침묵으로
시간이 멈추어도
봄이 오는 바람은 서지 않아
서로를 참았다 놓아주면
아플 것이 없다

골바람과 산바람이
거스르지 않는 질서로
낮과 밤을 운행하면
계절은 자기 날에 자리를 펴고

바람이 터주는 길로
싹이 날 자리
바람이 풀 바른
상처 안에 함께 동봉된다

세상의
인연

세인의 별자리는
아픈 별을 찾아
협곡의 깨진 돌 위를 비춘다

그 길을 지나면

빛이 있는 모든 공간마다
열어 맞이할 수 있을 때가
풀이 자랄 시간

발걸음 소리 멈춘 고요함과
어디에도 닿지 않는
바람이 거들 때
풀은 넉넉히 자랄 준비를 마치고

한계가 없는 시선과
앞선 참견이 없어야
씨앗이 떨어진 이유를 들을 수 있다

풀이 자라는 소리 그 옆을 지날 때
조용히 귀를 닫고
아름다운 미소 하나면 충분하다

너무 중요해서 하려던 말은
그날이 오늘과 다르니
작아진 너의 옷에 넣어두고

여린 뿌리가 있는 땅 아래서
고난을 틀어낼 용기를 가지려 할 때
곧 꽃이 핀다고 수줍게 웃기를

아름다운 이유

- 미호천 강변

그리움이 툭툭 불거져
성났던 그날을 말없이
작은 하천의 습지가
나를 안았다

산굽이를 돌아 나와
들판을 휘몰아 마을을 낳고는
안고 있던 바람을 풀어
애틋한 물길 옆에 놓고
금강까지 느리게 간다

그리움을 내려놓는 순간
가을은 가고 없다며
물억새가 제 몸을 꺾어
울지 않고 춤추는 이유를
속삭여 준다

사랑하는 물빛만 남기고
느리게 가는
다시 못 올 가을이
외딴섬에 봄이었다가
겨울로 핀다

부모산(父母山)성

주봉마을 연지에
연꽃을 깨우자
물빛이 붉다

허물어진 성 둑
초병들의 발걸음 따라가니
목마른 신음

쫓는 발도 쫓기는 발도
부모 손 놓친 가엾은 마른 발

매운 회초리 대신
하늘은 안개꽃을 피우고
붉은 물빛을 가렸다

젖은 안개꽃
연꽃을 부르면
그리워 만난다는

통신탑 빨간 외눈
위험한 고압선이
웅웅
고마워서 운다

병든 거리

싸릿가지 옭아매어
거리마다 입을 댄다

벌레 먹은 낙엽은 이리로
깨진 돌은 저리로
떨어져 마른 꽃잎
입 댄 자리마다 말끔하다

사람을 내고 키워낸
모태의 이름 앞에
슬픈 변명들이 아픈 비질을 한다

깨지기를 자청한 돌은
하늘을 받치기 좋게 틈새에 꽃잎을 내고
열리지 않는 창문 안에서 산다

길 위에서 사라져
지붕 아래에 갇혔다
입 댄 자리가 시려 파랗다

나비연

가는 연줄 보이지 않아도
그저 그만이다
생의 줄을 잡고 바람 타는
나비연의 얼레를 꽉 잡고
바람에 풀어 눈물로 당긴다

기억의 향기 하나 둘 잃고
마른 댓살 같은 엄마 손끝이
봄날 동백꽃을 환히 가리켜도
헤치고 오르는 법 없이
바람 타는 착한 나비연 따라
팽팽해진 연실을
풀었다 감는다

얼레질 슬픈 소리 듣지 않게
달빛 줄기 연실에 이어 붙여
하늘 연가 올려놓고
허공에 줄 당긴다

꼬리치마를 입을 자격

매화가 한 잎 한 잎 오른다
꽃잎 피는 시간에 바람이 불면
구름은 때때로 너를 숨겨 위로했겠지
약속의 날에 잎은 피었고 세상이 붉었다

너의 그림자 길어졌어도
붉은 매화 물든 꼬리치마는 윤이 나도록 빛나고
꽃잎 피는 시간에 바람을 피하지 않을 여유로
새 잎이 피고 너의 눈부심으로
매화는 양단 위에 수를 놓았다

한 잎 한 잎 꼭 붙어있는
매화 잎이 이리 슬플 일이야
피어도 지지 않는 양단에서 떨어지지 말라고
너를 고이 감싸
야무지게 여민다

sunshine

- 행복, 햇살

바람이 지나간 자리 꽃이 피지만
꽃잎 떨어진 자리마다
새 주인이 서 있다

승자도 아닌 나의 기록은 어디쯤이고
나를 비추고 따라오는
패자의 기록은 어디에 쓰여 있을까

땅 위에 꽃잎이
퍽 불쌍하기도 하지만
접히고 색 바랜 상처를 훤히 비추니
아름답기도 하다

햇살로 비추는
모든 것은 아름답다
빛이 닿는 모든 것에는
새 옷을 단다

유리 천장

오르고 싶은 너에겐
가로막힌 흑막이겠지만
머무르고 싶은 나에게
유리 천장은
빛을 환대해도 좋다는
허락된 통로다

때로는 꿈꾸는 일보다
식어버린 내 안에 것을 꺼내어
빛 가운데 놓고
움직이는 대로 바라만 보는 일도
좋겠다

잡지 않았기에
놓칠 것도 없지만
놓쳐버린 것이 많은 듯이 사는
유리천장 아래서는
아쉽기도 하겠다

홀로 그림자

휘었던 마른 뼈를
주홍빛 타는 노을이 업었다

흘러내리지 않게
엉덩이를 받쳐 들지만

단단할 것 하나 없는
사그락 대는 마른 잎 소리에

나는 너이기도 하고
너는 나의 내일이라 부르며

붉어진 노을을 달랜다
아름다운 너의 이름 부른다

그림자 머리위로
어머니의 한숨 달아나라고

여조과목

어제로 밀어낸 새로운 오늘이
턱 하니 자리 튼다
불붙은 자리에 반원을 그리면

있는 것이 없던 것이 되고
없던 것은 있는 것이 된다

타는 해는 눈을 가려 한 눈으로
뜨는 해는 외롭고 고단한 나를
훨훨 나는 숨으로 가까이 본다

어디에서 와서 얼마만큼
오래도록 지켜보고 있었을까
따뜻한 것이 내가 되었다

턱 하니 자리를 튼 앞으로
작은 새 한 마리가
생각 없이 그 앞을 지나니

숨은 뜻도 모른 채 그 길을
나는 오래도록 보고만 서 있다

* 여조과목如鳥過目 : 새가 눈앞을 날아 지나간다는 뜻으로, 세월이
  빨리 지나감을 이르는 말.

밟다

- 잔디 밟기

초목의 눈이 틈과
씨앗의 싹 틔움을 허용하고는
너무 자라지 말라고
쉬~ 쉬 다시 막아섰다

자른 상처를 동여매지는 않았지만
웃자라지 못한 잔디는
아우성도 없다

아무 말 없이도
겨울을 이겨낼 한 모금을
이미 알고 있었던 것 같다

꽃점

꽃잎 떨어지는데
순서가 있나
피고 지는 것
뿌리라도 알 리 없고
지나는 고사리 손이 꺾는대도
소리 한 줌 낼 리 없는

내 앞에 줄을 선다

날 보러 온 님 향해 향기를 흔들고
꽃잎 펼쳐 바람을 내면
웃고 있던 님은 울고
울었던 님이 웃는다

저 멀리 그리움이 다가온다

이순의 딸은 소녀가 돼버린
여든 엄마의 넘겨진 기억을

찾을 수 있나 묻는다
푸른 날의 향기를 옷자락에 써주자
환히 웃고 자리를 뜬다

숨비 소리

파랗게 질린 얼굴
금세 바다 빛으로 물들어도
손끝 더하면 망사 한가득
그 바다를 담고 싶어
호오~이

바다는 바다가 감추면
볼 수 없다며
다시 오지 않을
마지막 기회를 잡으려
히애~이

다시 돌아올 노을을
바다는 알기에
넉넉히 기다리고
물 밖 소리 애절한 휘파람은
시간이 없어

숨골에 휘말리지 않았다며
광대뼈를 치켜 보이지만

참기 위해 쉬는 숨
어제와 오늘을 이어주는
젖은 엄마를 만나는 시간

히애~이
히애~이

타인의 슬픔

불이 오르자
솥이 운다
지루하게 행주질을 해대도
솥이 운다

아궁이를 타닥이는 불꽃이
솥을 울린다

검불 더미 위에서
똬리를 틀었던 엄마는
밤마다 우는
솥의 눈물을 몰랐을까

3.

세인

만두는 김으로도 익는다

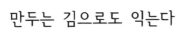

다시 핀 와이셔츠

접힌 깃 사이로 뜨거움이
비집고 나와
더운 김으로 땀을 말리던
구김마저 멋스러웠던
서른 살의 날개깃

새끼들의 입으로 꿈으로
와이셔츠가 말려 들어가면
오그라든 구김 위로
지워지지 않을 땀자국 수놓던
쉰하나의 날개깃

망구의 날개깃은
입는 게 아니라 머리에 짓는 거라며
선물이 도착했다

새하얗게 소복이 핀 꽃으로
옷을 짓는다

쥐불놀이

해가 떨어졌다
때를 기다린 듯이
기다란 혀를 뽑아내
논두렁을 맛본다

온통 어둠뿐인 곳에서
붉디붉은 혀로 잘도 찾아 먹는다
한 입씩 삼킬 때마다
논바닥은 아픈 불씨를 토해내고

떨어진 해가 기다란 혀를 내민 채
달집 속에서 잠들자
구경 나온 사냥꾼들은 모두
빈손으로 돌아간다

봄부터 겨울까지
한낮도 쉬지 못하고
마지막 불씨까지 토하고
검은 눈물이 땅을 안으면

슬픈 연기 하얀 재가 되어
산을 덮는다
못 믿을 사람을 덮는다

초평저수지

붉은 낙조 속에 잠긴
노을물이 넘칠까
요란스런 몸짓도 없다

외줄타기 곡예사
온 몸에 비늘 세우면
끊어질 듯
사라질 듯
애타는 밤 숨이 차다

두타산 물안개 피어오르자
집도 일도 너도 달아나
오롯이 외줄 하나만 남는다

풀 섶 물속에 버린
벗겨진 가짜 비늘은
촉촉해진 안개로 떼고
몸을 녹여 나를 위로한 너에게
귓속말을 한다
어디로 데려갈까

홉

초록을 달군다
하늘 향해 돌진하는
군기 바짝 든 군인들처럼
켜켜이 깃을 세우고

비밀 정원을 뛰어다니면
줄 세운 키 큰 넝쿨이
최면을 건다

장맛비 오는 날
처마 밑에 떨어지는
홉들의 비명소리가
똑 똑 연하게 들려

꾹꾹 발로 눌러 담은
포대자루를 들고
도망치라고
코끝에 여름을 묻혀
처마 끝을 세차게 내리친다

유동2리

해진 논두렁길은
만만치가 않다
날카로운 풀벌레 소리
바람이 다그치는 소리는
넘어져 깨진 무릎도 잊게 했다

한참을 달려 문을 여니
삐~~익
기름칠에 굶주린 귀를 찢던 정지 소리가
이렇게 좋을 수가
아궁이 앞에 군불 냄새로 산을 입은
할머니의 거친 소매 끝이
병아리 솜털이다

유동2리 시장터
우리 집은 어디에서 뛰어도
제일 먼저 집에 도착 한다

뒤집힌 시계

주름진 손으로
차가운 스테인리스를 잡는다
한 걸음이 천리다

자기의 첫 울음과 옹알이를
기억하지 못하는 것처럼
누구도 거꾸로 흐를 시간에 대해
예감 할 사람도 없다

해 뜨지 않고 달도 가린
인색한 벽에 걸린 시계는
끝도 알 수 없는
깊은 방에서 초침으로 산다

깊이 더 깊이
태의 그 속으로 들어갈 수 있다면
따뜻한 양수를 마시며
어머니의 살점으로
다시 살고 싶겠다

만두는 김으로도 익는다

사랑
김으로 천천히 익혀
내 입에 들어가기 딱 좋을 때
따뜻할 때 삼킬 수만 있다면

펄펄 끓는 기름에 숯불에
불 맛 입히지 않고 상처 내지 않고
내 입에 들어가기 딱 좋을 때
따뜻할 때 사랑..삼킬 수만 있다면

사람도
사랑도 못하는걸
만두는 김으로도 익는다

동정

"우리 엄마가
죽사발이 웃음이고
밥사발이 눈물이래"

토해내는 말들마다
사진 속 엄마는
환하게 화답한다

까만 상복에 흰 동정이
무지개 색이었대도
이만치 슬플까

친구가 입은
베일 듯이 꼿꼿이 선
하얀 동정을
누그러트리려

손끝으로
만지고 만져도
달래지지가 않는다

가난하지 않은 날

사랑 하나 없는 날에는
주머니 속 먼지뿐인 날보다
가난하다

사랑 없는 마음은
그날도 오늘도 가난하다고 말하는
그녀의 건조한 되풀이보다도
볼품없다

먼지뿐인 그날은
사랑 하나 없는 날보다
가난하지 않다

오후 2시 나를 열다

소리를 멈추고 열어보니
뒤엉킨 머리카락
쌓인 먼지 뭉치
낯익은 버려진 것들이
가득 차 있다

익숙한 너를
오래된 너를
이제 그만 버려야 하나
핑계만 보며
벼르고 있는데

미련한 나보다
훨씬 정직한 것들이
버려야 할 때를 몰랐던
나 때문에
그 안에 머물러 살았다

갇혀 살고 있었다

핀잔

이마에 손을 올려놓으면
근심이 생긴다며
할머닌 새벽잠에서 깨시면
이불을 살짝 어깨 안으로
말아 넣으셨다

봄에 오시고 찬바람 부는
가을이 되어서야 오신 엄마가
거실에서 달게 낮잠을 주무신다

새근거리는 아이들 옆에서
할머니가 내게 해주신 것처럼
아이들 어깨마다 이불이
날개접어 품고 있다

엄마 옆에 가만히 누워
이마에 손등을 올리니
뜨거운 것이 핀잔에 운다

49층 집

빽빽이
줄지어 선
빛들의 전쟁을
지휘하면

촘촘히 박힌
유리창마다
전투 준비 태세

빛이 빛을 부르면
전쟁의 서막이 열리고
이내 타오른다

낮에 전투에서 승리한
그들의 밤의 전쟁은
빛보다 더 뜨겁다

뜨거운 것은
식는 점의 시작인걸
아무도 모른채

한없이 가볍다

벗어던지고 나니
이 꼴 저 꼴 자유롭다

무엇 때문에
끈을 달아
고리 잠가

내 것을 내 것처럼
자유롭게 풀어놓지
못하고

무엇 때문에
보이지 않을 고운 색
숨겨놓고 감추는지

한없이 가벼운 시간
살랑이는 바람이
가슴을 타고
어깨 너머로 도망친다

백일홍

제 자리 잃고
삐걱삐걱 낡고 닳은
엄마의 다리가
기운다

달이 기울도록
우는 나를 업고
백일홍 꽃밭을 돌았던
엄마의 다리가

더는 갈 수 없어
꺼이꺼이 아프다고 운다

달이 진다고
서러워 운다

하얀 붕대 위로 그날의
백일홍 꽃물이 떨어진다

남겨진 바다

삼거리 포장마차
달짝한 찌개 냄새가
내게 말을 건다

지쳐버린 와이셔츠
땀에 젖을 쯤이면
젖은 파도 안고
조용히 내 옆에 누우시던

작은 내 등 뒤에서
들이치는 밀물을 피하고
작은 나 하나로도
세상 무서울 것 이 없다는

이제 나 없이
그 만조의 시간 때마다
어디로 피하고
누구에게 말을 걸까

아버지의 서걱거리는
모래 소리가
아침이 되어서야 떠났다

4.

세인

고요한 것은 잔잔한 것은

물꽃이 피었습니다

작은 구멍 밖으로 도망치듯 쏟아져 나온다
느린 여름 한낮
뜨거운 하늘을 가리지 못한 마당에
녹슨 오래된 펌프가 있다

굵은 앵두나무를 뽐내던 마당은
떨어지는 물꽃을 피하지 못해
온 통 젖은 흙으로 어지럽히고

찰나에 폈다 지는 물꽃처럼
알 굵은 앵두는 오늘도
겁이 없이 가지를 가득 채웠다

별스러울 것 하나 없는
한 바가지 찰랑이는 마중물이
낮을 가득 채웠다
내 키를 늘렸다

낮에 그려놓은 물꽃은
지금쯤 지고 있을까

담

지루하고 미련한 담벼락을
석양이 돌아본다

다가온 석양이 옷을 벗자
꽃무릇 위에 나비는
그 옷에 홀리면 안 된다며
요란한 날갯짓을 한다

잠이 오는 어린 새도
비단벌레 딱지날개 뽐내며
작은 것들은
담을 넘는다

깨지고 부서진 틈에
뿌리내려 핀 꽃도
오래도록 담 아래에 산다

벗은 옷 다시 입고 석양이 떠나도
작은 것들은
담을 지킨다

잔잔하고 고요한 것에 대해

날이 새도록 내린 비
파랗게 멍든 장맛비

잡지 못 한 이름을
시끄럽게 흔들어 깨워보지만

뜨거운 것을 삼킨 여름은
시끄럽고 요란하다

여기 저기
부서진 배에서 내리는 그림자

고요한 것은
잔잔한 것은
삼킨 여름의 멀미처럼 괴롭다

겨울 이파리

달구어진
여름 파도 소리

물기 하나 없는 겨울
한기 느낀 나뭇잎은
더 바짝 웅크리고

바람이 지나가기를
있는 힘껏
서로뿐인 잎을 비벼
파도 소리 낸다

가슴이 뛰면
겨울 속 숨어 잠자던
호흡이 깨어나

물소리가 바람을 얼리면
겨울 속에 여름이 살고
내가 너이기도 해서

한 계절이 이름만 다를 뿐
내 안에 남이 하나도 없다

모란 앵무새

내 몸을 타고 올라와
어깨 위에서 몸치장이
한창이다

깃털을 쓰다듬고
부리에 입을 맞추니
하품하며 눈 감는다

사랑의 언어는 소리가 없고
날개가 있어 경계를 넘는다
눈감아 잠들게 한다

잠에서 깨더니
다시 요란하게 옷을 입는다
너의 옷이 부럽다

가을 장미

거미줄에 맞서 가시 세우고
외출을 반겨주던
봄이 지나

시든 빛 새어 들어와
그림자마저 가져가 버릴
찬바람에도

잊는다는 게
잃어버림은 아니니

계절을 두루 포옹하고 돌아온
가을 장미 넓은 가슴에
꽃이 폈다
가시도 함께

삼채 앞에 서 있다

뽀얗게 우러난 국물
너 가진 것 다 내려놓고
갈 때까지 기다리기라도 하듯
지키고 있다

고향 집 털어내며 씻고 나올 동안
아버지 생각 흙만큼 눈물 쌓이고

이제 한술 뜨신다
온 진을 다 빼놓고도
밥상엔 아픈 죽 뿐이지만
아버지 반찬은 나

가는 널 만나 아버지 배는 채웠는데
나는 그 하나를 못 해
삼채 너 가 부럽다

까만 봉지 속 삼채뿌리
아버지 같아 차마 묶지 않았다

이명

높은 계곡에서 떨어지는
물소리가 들린다면
불을 켠다

가을 들판 잠 못 드는 날에는
잠을 놓고 너만 듣는다
어디에서 와서
어디에서 멈출지 몰라
두렵기도 했겠지

내 속에서 들리는 천둥소리가
밤을 흔들 때는
태엽을 뒤로 감는다

오늘 밤 귀뚜라미 소리는
내가 부른 것인지
네가 날 찾아온 것인지

밤의 명상

명상의 도마 위에 무엇을 올릴까
하얀 면사포 날 선 행주로
두 눈을 감기고
생각의 끈을 자른다

복잡한 나로부터
해방하기
균침 도는 살점만 남겼다

아침으로 넘어가기 전까지
허용된 시간
길어지는 밤은
자꾸만 나를 밝힌다

오고 가는 길은 접고
나인 것처럼 속이는 거짓 속삭임은
가시에 엮자

키

조금만 더 뻗어
닿을 거란 거 알잖아
네 손끝이 한 숨에 닿으면
눈물 닦이고
하얀 벚꽃 가루 담은 자루마다
온통 울림이다

멈춰야 할 이유를 몰라 달렸고
본 적 없는 비방은
날 또렷이 할 뿐
빛나는 날들 모든 날
발끝에 힘주어 꼿꼿하게
키를 세웠더니
내 그림자는 오늘도
키가 크다

태동 · 2

세상에 태어나고도 70일
멈추지 않는 태동이 가슴을 진동한다

어쩌면 내가 그렇듯
일출과 노을의 환희를 합한 만큼
나 역시 엄마의 진동이지 않았을까

어쩌면 내가 이렇듯
보고 있어도 보고 싶은
그리움이지 않았을까

단단한 다리를 번쩍 들어
비행기를 태우던 엄마를 불러
그날의 노을이 여기 있으니

마른자리 위에 앉아
오래도록 머무르라
말하고 와야겠다

무중력자

부드러운 것이 알맞은 것이
슬픈 중력의 힘에 눌린 나를 구하러
마중 나와 있었다

입김에 단내가 어찌나 좋은지
먹지 말라는 사탕을 까먹은 게 분명한데
내 몸무게 반도 되지 않는 네가

슬픈 무게를 들어 다리 사이에 두고
또 다시 작은 하나를 가져와
가슴 깊은 곳에 넣고는 지친 팔을 올린다

먹지 말라는 사탕 하나를 까먹은 게 분명한데
어느새 내 입속에도 사탕 하나가 구른다

5.

세인

이제 안녕

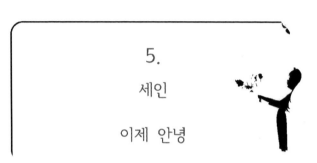

꿈꾸는 물고기

얕은 물 허덕이는 물고기
금방이라도 숨 멈출 듯
바라보는 구름은 애닳다

타는 갈증 목마름 쉬 가시지 않아
잠시라도 쉴 수 있게
애닮픈 몸짓 헤엄치라고

구름을 녹여 물속을 가르는
물고기의 꿈을 만든다
이슬비를 뿌려 안는다

딸의 약속

비릿하고 달근한 젖 냄새
숨 참고 입 안 가득 모았던 젖을 꿀꺽 삼키고
머리카락 매만지는 손길에 숨을 맡기면

천천히 바람 타는 느티나무는
아기가 배를 채울 때까지
느리게 기다린다

긴 낮잠에서 엄마가 깨어났다
무섭게 그어진 흉터 한 줄

두 손 포개 입김 불어
엄마의 빈 가슴 시리지 말라고
느티나무 빈자리에 딸이 서 있다

아름다운 마중

우윳빛 뽀얗던 솜털 벗고
날아오르듯 날개깃 세워 하염없더니
희다 못해 눈물 나게 빛나던 날
달빛도 너를 이기지 못해 체념하고
목련꽃 그림자 뒤로 숨었다

멈출 것 같지 않던 봄 날
세상 가로 세로를 다 재고 나서야
너 이제 행복 하구나
흙빛으로 세수하고 돌아갈 준비
땅에서 기억이 많은 만큼
꽃 빛은 짙은 땅 빛이다

흙빛이 핏빛으로 돌아가니
목련 나무 아래로 그림자 하나
어머니가 조용히 마중 나왔다

어머니 밥상

아버지
그 어머니의 고운 눈매처럼
소복하게 덮인 밥이
탕국 속 적당히 무른 무의
단맛이 달다
하시는 줄 알았다

제사가 끝나고
약주 드시던 손을
멈추시고는
아버지 하신 말씀
"엄마 밥상이라 달다"

달빛이 좋다며
어두운 먼 산 보시는 바로 옆
나도 따라 앉아
아버지 밥상에
달다
하는 그 날이 올까봐
작아진 그림자를 꼭 안았다

요람 속의 꿀단지

고운 눈빛 가득 떨어진다
오물조물 입가에
단내 풍기는 꿀단지 하품하면
꽃 냄새 바람에 날아온다

하루 종일 뒹굴어도 어디서 샘솟는지
단지 안에 꿀이 마르지 않고
단 밤 지나면 꿀단지 커지고
두 손 가득 퍼내어 입 안 가득 넣어도
미치도록 맛 좋다

긴 장마에 마른 빨래 서랍에 가득 채우고
한 장 한 장 손끝으로 곱게 접어놓고
달빛이 지루해 연신 하품이다

풀잎 위에 이슬이

줄기가 휘도록
머무른 건 너였을까 잡고 있던 나였을까

풀잎 아래 이슬이
떨어진 건 잡지 못한 나였을까

산산이 부서지며 이별을 고한 너였을까

마른 해가 천천히 비추니
아지랑이 젖은 풀잎을 말린다

보풀

살에 닿는 오래된 주머니는
섬들로 가득하다
오래 묵은 시간 주름을 접고
더는 밀려갈 곳이 없어

포슬포슬 서로에게 의지하다
작은 섬들을 모았다
새것, 기름 냄새 가득한
보들보들한 새 옷이었지

손끝으로 아프지 않게
섬들을 모으고
햇빛 드는 마루 끝에서
남겨둔 아버지
주머니 속에
내 시린 손을 넣었다

태동 · 1

자만으로 가득했던 나를
너의 움직임은
겸손함이 진정한 승자인 것을 알게 해주었다

겉치장에 바빴던 나의 육신을
너의 움직임은
치장 없이 부른 배 하나로도 아름답게 해주었다

나의 소리만 세상의 소리였던 나를
너의 움직임은
말하기보다 먼저 듣는 귀를 열게 해주었다

바다의 썰물과 밀물 같던 나의 마음을
너의 움직임은
참고 인내하는 고요를 알게 해주었다

네가 나의 품을 빌려 이 세상 태어남이 아니라
내가 너의 움직임으로
비로소 다시 태어나는구나

사월의 소낙비

소리도 없는 하얀 소낙비는
부서지는 기억의 회상이다

낮보다 더 고운 빛으로 밤에 내린
소낙비에 가닥가닥 불을 밝히니

열여덟 소녀의 떨리는 속눈썹 위로
살포시 내려앉기도 하고

엄마 등에 업힌 아이의 웃는 입속으로
다디단 소낙비가
솜사탕 되어 녹는다

기억의 찬바람 온기 없어 기다린 봄날에
사월의 소낙비가 벚꽃 되어 피는 날이면

열여덟 소녀의 속눈썹도 다시 피고
엄마 등에 아이도
하늘 보며 다시 웃겠지

소천

울 길 없었던 사람들에게
이 한마디는
눈물길이 되고

사랑할 시간을 놓친 사람들에게
이 한마디는
깊이 늘어뜨린
우물길이 되어준다

떠나간 이름을 몰라도 괜찮고
웃는 얼굴을 기억 못해도
어두운 우물가에 혼자 두지 않는다면

이 한마디는
지금 우리가 사랑할 시간
만나져야 할 날이다

고추는 다 딴 겨

가을 버스에 추수가 한창이다
바다로 가는 버스 안은
온통 진한 참기름 냄새와
붉은 고추 널어놓은
인심 좋은 대자리 밭이다

모래 냄새 바람 냄새 사이로
나도 한자리하고 다리 뻗으니
우유 냄새 진동하며 동동거리던
내 시절이 저만치에서 울컥한다
차마 아는 체를 못 했다

추수가 끝나지 않으면 좋겠다
바다가 밭으로 간대도 상관없고
밭에서 그물을 던진대도 좋다
이보다 나를 노을 지게 할 수는 없다

약 오른 붉은 고추처럼
알곡마다 가득 찬 영과를
탐내고 감탄하는 추수 때처럼
가을 버스가 멈추지 않았으면 좋겠다
오래오래 나를 싣고 달려주면 좋겠다

낭만

- 동인지 10집 발간, 축

가깝지만 아주 먼 낭만은 거짓인 듯
부끄러운 고백인 듯
날마다 미끄러진다

큰 소리로 말해도 들리지 않고
작은 소리로 숨 쉬어도 크게 들리는
나 여기 있다고 소리치는

15세 낭만이
온 집안을 조용히 흔든다

툭, 치면 눈물 날 것 같은
마흔 줄 끝에 걸린
눈물을 말린다

시의 날개를 편다

- 새수 시인 시집 발간, 축

시 향연이 시작되면
꽃이 피고
꽃잎을 흔드는
꽃대는
바람에 맡긴 채
기다리기
기다리는 꽃이나
찾아 너울대는 너와
매한가지
품을 수 있을 만큼 깊게
바라볼 수 있을 만큼 넓게
마음으로 힘껏 바람을 불어놓고
바라보기
좋은 터 안으로
주인이 웃어주는 낮이라면
꽃의 향연은
멈추지 않겠다

길 위에 이름
- 동인지 18집 발간, 축

오래 기억될 이름
잊힐 이름도 아닌
오늘을 살아갈 이름으로만
아름답기를

한쪽 눈을 감고
나를 보는 외눈으로
뜨겁게 살아낼 용기만 있다면

길 위로 떨어졌대도
눈부셨다면
오래도록 너의 이름은
분꽃이라

동백 목걸이

- 미이 선생님 어머니를 생각하며

떨어진 동백 붉지 않은 게
없고
나중 왔어도 푸르지 않은 게
없고

꽃잎 반듯하게 모두 달고
누우니
시작과 끝을 온전히 지킨
그 약속

한 세상 안에 여러 세상
있어
감정의 분칠이 벗겨지면
민낯인데

붙잡던 가지마다 손 놓은
구멍 자리
어머니 한 세상을 꿰어
목에 걸었다

여름아 안녕
- 새수 시인 동생 영별 앞에

손에 잡힌 까슬까슬한 손끝이
배고픈 운동장 끝을
내달리고 있다

뒤돌아 한 번씩 누이를
확인하는 여름이
넘치듯 찰랑대면

땀 냄새에 키가 한 뼘
해 그림자에 숨은 키
훌쩍이며 어느새 두 뼘

여름은 깨어나고
채우지 못한 여름을 잡는다
누이와 엄마의 반만치 거리에서
아우의 까슬한 손끝이
날이 더해 애달프다

그 남자가 기대선 곳에 겨울은 없었다
- 시울림이 사랑한 그 남자 이야기 증재록

봄
아지랑이 피는 처녀의 옷고름마저 설레어 떨리게 하는
봄이 오면 그의 눈가에 보이던 주름마저
꽃바람에 날아가 버린다
마법의 지팡이로 녹색 칠판은 푸른 잔디로 변하고
그는 소년의 미소로 라임오렌지나무를 지키는
"제제"가 된다

여름
뜨거운 태양이 한 번씩 토해내는 숨소리에 그 남자
하얀 와이셔츠 소매 끝을 올려 부치면
어느새 그는 청년이 되어있다
태양의 숨소리에 귀 막고 쉼 없이 이야기 한다
가슴에 그리움과 사랑 있는 자 이미 시인이라고……

가을
두 손엔 낙엽의 향내가 나고 두 눈동자 안엔
이미 붉게 물든 들녘이 보인다 그는 늘 바빴다
사랑 가득 찬 가슴 열고 뜨거운 두 팔로
사랑 식어가는 이들에게 내 것을 나누어야 했고
메마름 또한 사랑의 시작이니 불태우라고 말한다

겨울
두 해를 넘기도록 아직 겨울 안에서 그를 보지 못했다
하지만 칼바람에 눈이 시어 마음 움츠러드는 겨울날에도
그는 여름을 맞서게 하는 법을 알려주었으며
가을 낙엽 타는 만개하는 봄날의 꽃을 보게 해주었고
타는 듯한 정열로 시를 쓰게 해주었다

어쩌면

그가 기대선 곳에 겨울이 없었던 것이 아니라
그를 이 세상 사람들에게 퍼주고 내주어도
줄지 않을 사랑 많은 가을 곳간 주인으로만
살게 하고 싶었을지도 모르겠다
그 남자에게 겨울이 오지 않았으면 좋겠다

<跋文>

꽃은 때마다 새로운 빛깔로 핀다
- 세상의 인연으로

증재록 한국문인협회홍보위원

1. 인연은 아름답다

　유유한 세월에도 니는 언제나 예쁘지. '유니'가 애칭이라고 시를 예쁘게 쓰고 싶다며 세상의 인연을 꼭 안고 이쁘게 다가온 지도 열다섯 해, 그걸 바퀴라고 한다면 얼마나 굴러갔을까? 그때 예쁜 미소로 아가를 안고 이어서 또 아가를 업고 그 두 녀석 민서와 민철, 그새 중학생이 되었으니 생각이 깊고 넓은 세인을 그린다. 그동안 그사이는 넓게 벌어졌다. 인연이 인연을 맺고 떨어지는 아픔은 멀쩡한 마음의 고통이란 걸 새겼다. 깊이를 파면 팔수록 사방에서 팔방으로 십육 방으로 갈래갈래 겹을 치고 뻗어나가는 걸 바라보고 그냥 그런 거, 펴오르는 보랏빛은 그냥 신비롭다는 거, 그렇게 품었다. 그사이 나이테를 한참 둘러 마음꽃으로 웃어주기도 했지만, 떨어지면서 슬퍼지기도 했다.
　세상의 인연은 언제나 꽃을 함빡 피우리라. 세인 최 윤 시인이 시심을 모아 시집 '세상의 인연으로'를 펴낸다. 아름다움에 웃고 즐기면 좋으려니 줄을 당긴다. 세상을 또 열고 또 꽃을 피운다. 변절 없는 인연으로 고달픔에 흘린 눈물쯤이야 가슴에 터 오를 사랑이리니, 향내는 언제나 생글거린다. 생글은 동그라미로 빙빙 돈다. 돌아 돌아 입술은 사랑에 젖고 눈은 이슬에 반짝인다. 아름다움은 엄마가 밭이라며 엄마 곁을 한시도 떠나지 않는 효녀 세인 최 윤 시인, 세상의 인연이 모여들어 더 예쁘고 더 아름다운 마음을 펼치라고 메마른 바닥에서 차지도록 갈며 기도한다. 집 앞 호수로 날아와 노래하는 휘파람새의 지저귐이 낭랑하고 생글거리기도 하여라.

2. 너와 나와 그와 울

길쭉하니 돌아 감는다, 돌아본다는 건 망연한 일이지만 홀로에서 같이로 가다가 달도 해도 지면서 세상의 인연은 오히려 어둠에서 봉오리를 맺으며 아름다운 꽃을 피운다. 송이송이마다 새롭다. 꽃은 언제나 순수에서 피어난다. 진정한 사랑은 꽃을 피우려는 노력뿐만이 아니라 향기를 담으려는 그릇도 있어야 한다. 그 노력의 상실은 아픔과 슬픔을 준다.

머무는 것보다 힘든 건
떠나는 것
지금 이 시간
상실의 연속

사라지고
없어지다
보이지 않기

보이지 않는다고
사라진 게 아니라고
낮 달이 속삭인다

달이 저문다고
누가 울까
오래도록 보아온
너만 울겠지

- 「상실의 연속」 전문

헤어진다는 것, 이별이든 별리든 송별이든 그 깊이에는
정감이 남아 있다. 지나 간 세월에 못 다 이룬 정이 가슴
에 한으로 남는 미련, 미움과 노여움까지 공존하지만 정에
대한 증오는 사랑이었다. 울음이라는 속풀이에 도달해도
앙금처럼 남아있는 지난날은 상실의 연속으로 한이 된다.
매일 밤마다 변하는 달이 어쩌면 수없이 변해온 마음 자락

같아 그래도 보름달을 지향하는 초승에서 사랑으로 탈바꿈
하려는 애씀이 따뜻하다.

    진실 게임이 시작됐다
    손가락 울퉁불퉁한 주름 펴
    인연 태우고 손 끝에 닻을 달자
    세상이 멈췄다

    가늘게 외쳐보지만
    네가 믿고 내가 믿으면
    생명이 뚫고 나오는 진실
    세상에 없는 진심

    붙잡을 수 없기에
    다시 소리친다
    시간의 착각에 잠들지 말고
    세상 안으로 들어가

    후회로 써버린 조각들을
    이어 붙이라며
    끊어진 나를 길게 잇는다

            – 「11시 11분」 전문

  너와 나와 그와 울, 우리가 멈춤의 표지를 세운 시각은

11시 11분이었다. 사이와 사이를 재면서 거리를 넓혀도 좁혀지지 않는 간격에 이르면 차라리 우뚝 서서 함께 가자고 약속했던 날 1111에서 멈추자고 했다. 그러나 멈춰 우뚝 선다는 건 허리가 굽는 세월에서 어쩔 수 없이 틈을 벌린다. 너와 나와 그의 인연을 재며 우리는 진실의 문을 열고 낯선 길에서 새로운 마음을 펼친다. 깨야 한다. 깨쳐야 새로움에 목소리가 튼다.

사랑
김으로 천천히 익혀
내 입에 들어가기 딱 좋을 때
따뜻할 때 삼킬 수만 있다면

펄펄 끓는 기름에 숯불에
불 맛 입히지 않고 상처 내지 않고
내 입에 들어가기 딱 좋을 때
따뜻할 때 사랑 삼킬 수만 있다면
사람도
사랑도 못 하는 걸
만두는 김으로도 익는다

— 「만두는 김으로도 익는다」 전문

사랑, 너와 내가 만나 제자리에서 바로 서고 제자리로 돌아와 바로 눕고 제 길로 바로 가자는 그건 틀, 틀을 깬

밝은 삭풍에 흔들리는 들녘이다. 제 몸을 태워 남을 밝히려는 희생과 봉사심에서 피어나는 사랑, 그건 촛불이 제 몸을 사르며 남을 밝히려는 희생의 마음, 작은 듯 적은 듯 그 깊이에서는 진실로 참이라는 울렁거림에 눈물이 있는 거, 따뜻하다는 건 만남과 만남의 포옹 그 깊이를 잰다.

> 날이 새도록 내린 비
> 파랗게 멍든 장맛비
>
> 잡지 못 한 이름을
> 시끄럽게 흔들어 깨워보지만
>
> 뜨거운 것을 삼킨 여름은
> 시끄럽고 요란하다
>
> 여기 저기
> 부서진 배에서 내리는 그림자
>
> 고요한 것은
> 잔잔한 것은
> 삼킨 여름의 멀미처럼 괴롭다

ㅡ「잔잔하고 고요한 것에 대해」전문

고요하다. 그 속은 술렁거림이 있어서다. 고요는 멈추는

것이 아니라 잠잠하고 조용할 뿐, 깊숙 그 안의 소용돌이
는 지향 길이 있다. 그걸 새겨보지 못하는 눈길이 슬프다.
아니 아픔이다. 차라리 파도라도 친다면 포말에 젖고 빠지
지 않으려 애쓰기라도 했겠지만 잔잔한 물살은 어디로 가
는지 방향을 모르게 했다. 뒤늦게 폭풍은 일어나 속에서
솟아오르는 두려움까지도 뒤집는 해일이었다.

> 줄기가 휘도록
> 머무른 건 너였을까 잡고 있던 나였을까
>
> 풀잎 아래 이슬이
> 떨어진 건 잡지 못한 나였을까
>
> 산산이 부서지며 이별을 고한 너였을까
>
> 마른 해가 천천히 비추니
> 아지랑이 젖은 풀잎을 말린다
>
> ― 「풀잎 위에 이슬이」 전문

　반짝 그 영롱은 눈을 홀린다. 바라보기만 해도 그 속으
로 들어가듯 어쩜 그리도 맑을까. 그런 마음은 어떤 시간
을 잴까. 그러나 잠시 잠깐 그뿐, 이내 볕 한줄기에 사라
지고 마는, 그게 사랑일까 행복일까. 순간 순식간이 다가
오면 가버리는 그 사이에서 행복과 불행도 들락거린다. 이

슬 그 이름은 떠남이다. 그 이전 그를 묻고 올곧은 발을
내디딘다. 안녕 그 안에서 만남과 이별이 공존한다.

3. '세인' 그리고 시인

쪼르르 달려 나와 목소리 다듬으라며 붉은 병을 하나
내민다. 아주 먼 호반에서 차를 타고 반시간쯤 걸리는 거
리를 달려와 숨도 고를 새 없이 내미는 꽃숨은 붉다. 바라
보기만 해도 온몸이 붉어지는 건 그냥 정성이 넘어간 모양
이다. 문득 병중인 엄마를 품에 안고 있는 세인 시인이 웃
는다.

무엇을 알았을 때 뒤로 깨어나 뭣으로 깜짝 넘어진다.
보지는 못했어도 그걸 심장이라고 부를까 보다. 선혈이 담
뿍 담겨 들락거리는 통, 겨울바람 치는 백발이 날면 목소
리는 술술 바람 타듯 넘겨야 한다. 오늘의 창을 열고 시간
의 결을 치는 호수의 물을 담아 그걸 목술로 이어간다. 뜬
해는 지고 진 별은 다시 뜨고 그리하여 그렇게 돌고 돌아
숫자를 달고 간다.

매일이 그렇듯 날과 날을 이쁘게 하는 눈의 꽃은 효심이
다. 시의 인과 심의 연, 그 인연엔 필연의 의지가 곧아서,
사랑이 붉어서 그새라고 할까. 흐름엔 벽이 없다고 더듬어
보면 눈앞에 피는 등꽃이었다, 그래 그냥 거기 잘 있겠지

부모산 줄기 연연한 거기 그날 그렇게 읊조렸지. 등꽃을 깨우자. 품어 안고 손잡고 그렇게 달려왔던 그날 시가 뭔데 참 모르겠다고 자꾸 그냥 끌려온다고 세월이라고 부를 만할 때 허리를 굽히고 눕게 하고 엄마야! 엄마가 품에 있다. 남들은 엄마에서 엄니로 어머니로 부드럽게 흐른다는데 아직도 엄마에서 한 발짝도 벗어나지 못한 나날. 엄마가 내 품에 있다. 아니 오히려 더 내가 안기고 있다. 품의 자식들은 이미 품을 벗어나 사춘기적 깊이를 재고 있는데 효심이야 정성이야 사랑이야 그걸 모아 효행으로 펼치는 이쁘고 아름다운 심안에 이르러 흘러넘치는 눈물을 참느냐고 아닌체 시를 읽다가 입술을 무는 그걸 눈치 챘나, 박수는 요란한데--, 뿜어내는 마음에 품고 싶은 시를 묶어 놓고 오직 엄마에게만 향한 사랑 품어 엄마, 엄마야! 그 말 안에서 조금도 헤어 나오지 못하는 그 사랑이 울먹 진하다.

세상의 인연으로

초판1쇄 인쇄 2023년 5월 25일
초판1쇄 발행 2023년 5월 30일

지은이   세인 최윤
만든이   박찬순
만든곳   **예술의숲**
        등록 2002. 4. 25.(제25100-2007-37호)
        주   소 · 충청북도 청주시 상당구 교서로2
        전   화 · 070-8838-2475
        휴 대 폰 · 010-5467-4774
        이 메 일 · cjpoem@hanmail.net